Conoscere e Amare Dio

Presentazione di Dio ai Bambini di Tutte le Fedi

DI THE SINCERE SEEKER KIDS COLLECTION

Dio

DIO È L'UNICO E IL SOLO.
DIO È IL NOSTRO CREATORE.
DIO CONTROLLA E SI PRENDE CURA DI TE E DI ME,
DELLE NOSTRE FAMIGLIE E DI OGNI ALTRA COSA.
DIO CI DÀ IL CIBO E UN LETTO CALDO E
ACCOGLIENTE IN CUI SENTIRCI PROTETTI E AL
SICURO

DIO SI TROVA LASSÙ IN ALTO SOPRA I
CIELI.

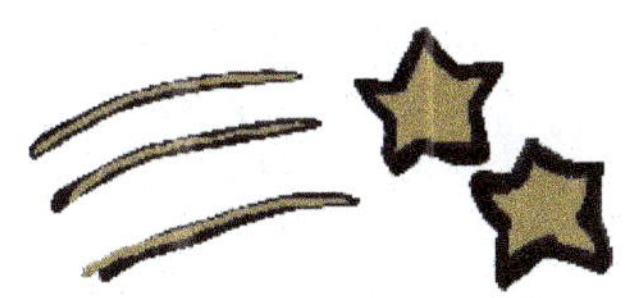

DIO HA CREATO PIANETI GRANDI E
PIANETI PICCOLI.
DIO HA CREATO LA TERRA AFFINCHÉ POSSIAMO
VIVERCI.
DIO HA CREATO STELLE SPLENDENTI E BRILLANTI
PER ILLUMINARCI.
DIO HA CREATO L'UNIVERSO INTERO.

DIO HA CREATO LA LUNA **PIENA**.

DIO HA CREATO *le NUVOLE, GRIGIE E SOFFICI.*

DIO FA SCENDERE LA PIOGGIA SULLA TERRA PER NUTRIRLA E PULIRLA.

DIO FA SOFFIARE IL VENTO DA DIVERSE DIREZIONI.

DIO FA SPLENDERE IL SOLE BRILLANTE.

DIO HA CREATO L'ACQUA FREDDA E
ANCHE L'ACQUA CALDA.
DIO HA CREATO BELLISSIMI FIUMI BLU.
DIO HA CREATO GRANDI OCEANI
INCRESPATI.
DIO HA CREATO MARI
PROFONDI E SCURI.
DIO FA MUOVERE E ALZARE LE ONDE

DIO HA CREATO ALTE

MONTAGNE *Rocciose*.

DIO HA CREATO BASSE MONTAGNE
INNEVATE.

DIO HA CREATO GLI ALBERI DI BANANE E DI ARANCE AFFINCHÉ POSSIAMO MANGIARNE.

DIO HA CREATO BELLISSIMI FIORI PROFUMATI DI DIVERSI TIPI E COLORI PER POTERNE GODERE.

DIO HA CREATO FAMIGLIE FELICI CON LE QUALI PASSARE DEL TEMPO INSIEME.
DIO HA CREATO GENITORI AMOREVOLI CHE SI PRENDONO CURA DI NOI E CI AMANO, AFFINCHÉ CI COMPORTIAMO BENE CON LORO.
DIO HA CREATO FRATELLI E SORELLE DIVERTENTI, CHE SI PRENDONO CURA DI NOI E DI CUI NOI CI PRENDIAMO CURA.

DIO HA CREATO **GRANDI** ANIMALI COME GLI ELEFANTI AFRICANI, GLI ORSI BRUNI E GLI ALLIGATORI VERDI CON I *DENTI* AFFILATI.

Buzz Buzz
Buzz
Buzzzz

DIO HA CREATO piccoli ANIMALI COME LA minuscola COCCINELLA E IL CALABRONE RONZANTE. DIO HA CREATO CAVALLETTE SALTERINE, piccolissime formiche E LIBELLULE VOLANTI.

DIO HA CREATO CIBO NUTRIENTE PER
AIUTARE IL NOSTRO CORPO A CRESCERE
SANO E FORTE.
DIO HA CREATO DELIZIOSE BEVANDE DA GUSTARE
QUANDO ABBIAMO SETE.
DIO HA CREATO UVA VIOLA, PANE FRESCO
DA LECCARSI I BAFFI, FORMAGGIO GIALLO,
POLLO SUCCULENTO E DELIZIOSE MELE ROSSE.

DIO DONA ALLE PERSONE LA VITA E ANCHE MOLTE ALTRE COSE.
DIO CI HA DONATO UNA COMODA CASA IN CUI VIVERE, UNA MACCHINA DA GUIDARE, I NOSTRI GIOCHI PREFERITI PER GIOCARE, ENTRAMBE LE NOSTRE MANI PER FARE LE COSE ED ENTRAMBI I NOSTRI PIEDI PER CAMMINARE, GLI OCCHI PER VEDERE, LE ORECCHIE PER SENTIRE, LA BOCCA PER MANGIARE E PARLARE.

DIO VEDE E CONOSCE TUTTO
QUELLO CHE SUCCEDE.
DIO SENTE TUTTO CIÒ CHE SI DICE.

Dio

DIO è **MOLTO** AMOREVOLE.
DIO CI AMA **MOLTISSIMO**.
A DIO IMPORTA **TANTISSIMO** DI NOI.
ANCHE NOI DOVREMMO AMARLO.

TUTTO CIÒ CHE C'È DI BUONO
PROVIENE DA DIO
DIO È LA LUCE DEI CIELI E
DELLA TERRA
E ILLUMINA I CUORI DELLE
PERSONE.

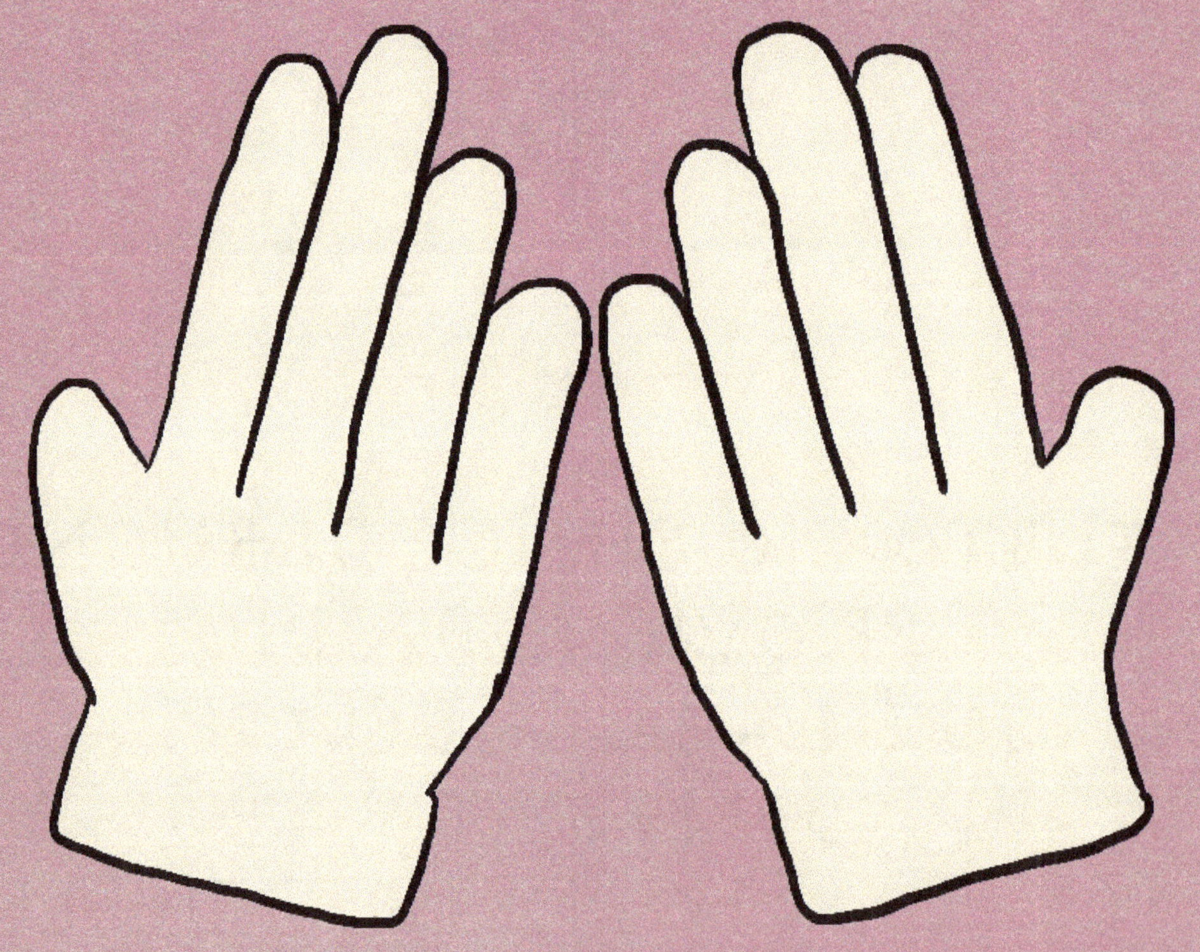

PREGHIAMO DIO PERCHÉ CI HA CREATI E CI AMA. ANCHE NOI AMIAMO DIO. DIO RISPONDE ALLE NOSTRE INVOCAZIONI QUANDO GLI CHIEDIAMO QUALCOSA. DOVREMMO SEMPRE PARLARE CON DIO.

DIO DARÀ ALLE PERSONE BUONE UN
PARADISO
FELICE DOVE AVRANNO
QUALUNQUE COSA
DESIDERANO E VIVRANNO FELICI PER
SEMPRE.

FINE.